Jorge Luis
Borges
Margarita
Guerrero

El "Martín Fierro"

关于《马丁·菲耶罗》

[阿根廷] 豪尔赫·路易斯·博尔赫斯　玛加丽塔·格雷罗 著

赵振江 译

上海译文出版社

目 录

序　言

　　四五十年前，孩子们读《马丁·菲耶罗》就像如今读范·达因[1]或埃米利奥·萨尔加里[2]似的。有时像地下活动，总是偷偷的，这样的阅读是一种快乐，而不是必须完成的课外作业。如今，《马丁·菲耶罗》已是经典，这个定义是"絮烦"的同义词。仅就篇幅来说，那些豪华注释的版本助长了上述谬误的流传；蒂斯科尼亚[3]博士无可置疑的扩充是嫁祸于他所评论的诗人。事实是《马丁·菲耶罗》约有八十页，不用太快，我们一天也能读完。至于它的词汇，我们会看到，其地方性并没有埃斯塔尼斯拉奥·德尔坎波[4]或卢西奇[5]那么强。

　　同时不乏精到的版本。或许最好的是圣地亚哥·M.卢贡内斯的版本（布宜诺斯艾利斯，一九二六年），其简洁的注释，出于一个人的手笔，此人熟悉我们的乡村，对于了解这个文本的智慧，这些注释是非常有用的。埃雷乌特里奥·蒂斯科尼亚于一九二五年面世的版本更有名；关于此书需要说的话，埃兹吉耶尔·马丁内斯·埃斯特拉达都说了（见《马丁·菲耶罗之死与形象转化》，II，第二一九页）。

这本小书的主要目的是推广《马丁·菲耶罗》的阅读。不过我们这本书是基础行动，对《马丁·菲耶罗》的后续研究，莱奥波尔多·卢贡内斯的《帕亚多尔[6]》（一九一六年）和埃兹吉耶尔·马丁内斯·埃斯特拉达的《马丁·菲耶罗之死与形象转化》（一九四八年）是必不可少的。前者突出了作

---

1 S. S. Van Dine（1888—1939），原名威拉德·亨廷顿·莱特，美国作家与评论家。1920 年代，他创作了红极一时的推理小说《菲洛·万斯》，并将其引入银幕和广播节目。

2 Emilio Salgari（1862—1911），意大利小说家，其作品内容多为在马来西亚、加勒比海、印度森林、非洲荒漠的探险故事，当年十分畅销。

3 Eleuterio Felipe Tiscornia（1879—1945），阿根廷作家、语文学家，是《马丁·菲耶罗》的注释者和评论者。

4 Estanislao del Campo（1834—1880），高乔诗歌《浮士德》的作者。

5 Antonio Lussich（1848—1928），高乔诗歌的代表人物之一，代表作是《三个东部高乔人》。

6 *payador* 是行吟歌手的意思。

品的叙事和哀婉元素；后者突出了其世界的悲剧性，还有魔鬼性。

维森特·罗西的《语言手册》（科尔多瓦，一九三九—一九四五）是不礼貌的，但读起来却又是令人愉悦的。罗西的一篇论文认为《马丁·菲耶罗》是高乔人的，但更是乡下人的。弗朗西斯科·I.卡斯特罗的《〈马丁·菲耶罗〉的词汇与词组》（布宜诺斯艾利斯，一九五〇年）同样是可用的，虽然其作者往往在诗的语境中寻求模棱两可的短语的内涵，而不是引用其他权威的说法。比如，对"*pango*"一词，说它的意思是"肿块、争吵、混乱、乱七八糟、一塌糊涂"，让我们参照第十一章，其中有"Mas metió el diablo la cola/y todo se volvió pango（但魔鬼插了　腿／顷刻间乱成一团）"。在允许有两种解释的地方，卡斯特罗先生往往兼收并蓄。他澄清说，"安慰"（*consuelo*）的意思是"投掷者的某个重量和爱他的姑娘"。

对于"乡亲"的一般类型，可以参考埃米利奥·A.科尼的《高乔人》（布宜诺斯艾利斯，一九四五年）；对于其名称的起源，可参考阿尔图罗·科斯塔·阿尔瓦雷斯的《阿根廷的卡斯蒂利亚语》（拉普拉塔，一九二八年）一书的"高乔的三十种词源"那一章。

豪·路·博尔赫斯　玛·格雷罗

高乔诗歌

　　高乔诗歌是文学史记载的最特殊的事件之一。不能顾名思义，它并非高乔人写作的诗歌；而是受过教育的人士，布宜诺斯艾利斯或蒙得维的亚的先生，是他们作的。尽管源自文化人，我们将看到，高乔诗歌具有率真的民间性，在我们所能发现的高乔诗歌的优点中，这看似矛盾的优点并非不值一提。

　　研究高乔诗歌起因的人，一般都限于一点：截至二十世纪，田园生活是潘帕草原和丘陵的典型生活。这个起因，无疑适用于那多彩的文不对题，但不足以自圆其说；在美洲的许多地方，田园生活都有典型性，从蒙大拿和俄勒冈到智利，可这些地区强烈拒绝编撰《高乔人马丁·菲耶罗》。光有坚韧的牧人和荒漠是不够的。

我们的文学史家——里卡多·罗哈斯是最鲜明的典范——想把高乔诗歌的源头引向帕亚多尔的诗歌或乡间专业人士的即席吟颂。高乔诗歌的八音节格律、分段形式（六行诗、十行诗、民谣）与帕亚多尔的诗歌吻合，这种情况似乎说明了这种渊源的合理性。然而二者却有根本的区别。帕亚多尔们从不蓄意使用粗俗语言赋诗，或者使用来自农村的劳动者形象；对人民来说，艺术活动是严肃乃至隆重的事情。在这方面，《马丁·菲耶罗》的第二部分为我们提供了一个未被提及的证据。这部诗全是用俗语写成的，或者说想精心地成为粗俗的；在最后的歌咏中，作者向我们介绍了一场在副食杂货店中的"对歌"（payada），两位帕亚多尔忘记了自己周围可怜的田园环境，天真或冒失地谈论伟大而又抽象的主题：时间、永恒、夜之歌、海之歌、重量和体积。好像最伟大的高乔诗人有意向我们展示他的诗歌与帕亚多尔不负责任的即席之作的区别。

可以想象对于高乔诗歌的形成，有两件事是必需的。一个是高乔人的生活方式；另一个是城里人的存在，他们渗入了这种生活方式，而且其日常用语较为相近。如果像某些语言学家（一般是西班牙人）研究或发明的那样，存在着高乔方言，那么埃尔南德斯的诗歌将是人造的"大杂烩"，而非我们所了解的地道的东西。

从巴尔托洛梅·伊达尔戈到何塞·埃尔南德斯的高乔诗歌，凭借自发的力量，建立在一种几乎不是惯例的惯例上。它假定一个高乔歌者，一个与纯正的帕亚多尔不同的歌者，蓄意运用高乔人的口语及其不同的、有别于城市语言的特征。人们会发现这种惯例是巴尔托洛梅·伊达尔戈的主要优点，这一优点的生命力超过他编写的章节，并使后来阿斯卡苏比、埃斯塔尼斯拉奥·德尔坎波和埃尔南德斯的作品的出现成为可能。

我们可以补充一个属于历史范畴的环境：使这些地区统一或将其撕裂的战争。在独立战争、与巴西的战争和内战中，城里人和乡下人共同生活，前者对后者有了认同感，他们孕育并创作了令人敬仰的高乔诗歌。

创始者就是蒙得维的亚人巴尔托洛梅·伊达尔戈。一八一〇年前后，他是理发师，当时在卖弄同义词的历史学家中，咬文嚼字的情趣与日俱增；卢贡内斯，评论他，描述"刮脸者"的声音；罗哈斯，衡量他，不甘心放弃"剃头匠"的说法。寥寥几笔，使他成为帕亚多尔，以表明其高乔诗歌起源于民间的理论。然而，要承认伊达尔戈最初的诗作是十四行诗和十一音节的颂歌；无需提醒，这类形式是人民难于接受的，对人民来说，只有八音节的音律是可以理解的，其余皆是散文。在蒙得维的亚所作的研究（见《数目》杂志第三、十二期）认为，伊达尔戈最初写"配乐剧"（melólogos），这是个奇怪的字眼，意思是"舞台剧，一般是一个人物，有音乐评注，为演员的声音编制音响背景，与对话相互交错，以增强表现力或预示紧接着要表现的情感"。"配乐剧"又称"独角戏"。如今我们知道这种在西班牙创作的形式的最终意义，毫无疑问是启发了伊达尔戈创作出高乔诗歌。众所周知，它最初的创作是《爱国对话》，其中是两个高乔人——工头哈辛托·查诺和拉蒙·孔特雷拉斯——回忆祖国的重大事件。在这些作品中，巴尔托洛梅·伊达尔戈发现了高乔人的语调。我作为叙事文学作家的短暂经历证明，知道一个人如何讲话就等于知道了他是何许人，发现了一种语调，一种声音，一种特殊的句法，就等于发现了一种命运。

我不重复伊达尔戈的诗句，我们不可避免地会犯下以其后续者的作品为准则对其诗句进行谴责的错误。在我将要引用的其他人的诗节中，伊达尔戈永恒的、秘密的、谦虚的声音会以某种方式存在，只要想想这一点，对我就足够了。

伊达尔戈曾是士兵，曾在他的高乔人歌颂的战争中拼搏。他在那贫困的时代，曾亲自在街头叫卖自己印在彩纸上的《爱国对话》。一八二三年前后，他在莫隆镇因肺病而黯然离世。马尔蒂尼亚诺·莱基萨蒙和马里奥·法尔卡奥·埃斯帕尔特尔的《东方诗人巴尔托洛梅·伊达尔戈》（蒙得维的亚，一九一八年）对他的生平和创作有研究。

巴尔托洛梅·伊达尔戈属于文学史；阿斯卡苏比属于文学，还属于诗歌。在《帕亚多尔》一书中，卢贡内斯将二者献给了《马丁·菲耶罗》的最大光荣。这一牺牲出于将所有高乔诗人都缩小为埃尔南德斯先驱者的习俗。这个传统带来一个错误：阿斯卡苏比并非《马丁·菲耶罗》的先驱者，因为其作品是根本不同的，有不同的目的。《马丁·菲耶罗》是悲伤的；阿斯卡苏比的诗句是幸福和英勇的，具有视觉的特征，与埃尔南德斯的方式是截然不同的。卢贡内斯否定阿斯卡苏比的一切品质，结果是自相矛盾，因为卢贡内斯是视觉的、华丽的诗人，与阿斯卡苏比相近。旺盛的魄力，对纯净色彩和简约事务的喜爱，是对后者的定义。在《桑托斯·维加》的开头，这样写道：

> 他骟骑着一匹
> 有花斑的马驹，
> 像色子一样美丽，
> 刚一踏上地皮
> 便轻飘飘地飞起。

将《马丁·菲耶罗》中色彩暗淡的"突袭"事件与阿斯卡苏比直接的、戏剧化的表述进行比较，也是富有启发性的。埃尔南德斯突出菲耶罗面对侵袭和掠夺的恐惧；阿斯卡苏比（《桑托斯·维加》，第十三页）置于我们眼前的是印第安人浩浩荡荡的人马奔腾而来：

但是当印第安人

前来侵袭，

人们会感觉到，

因为田野里的小动物

惊恐万状地出逃，

野狗、野兔、

狐狸、鸵鸟、

麋鹿、梅花鹿、美洲豹

它们在村落间奔跑，

成群结队，乱七八糟。

那时节牧羊犬

扑向印第安人狂咬

还有灰头麦鸡

也会不停鸣叫；

但是毫无疑问，

肯定是名叫"掐架"的鸟

最先发出预报，

当潘帕人前来偷袭

它们会立刻飞起

"掐架！掐架！"地叫。

那些受野蛮人

惊吓的动物跑过，

村外的田野

升起烟尘

潘帕人毛发倒竖

伏在马背上

一路狂奔，

嘴里还不停地

高声呐喊，

半个月亮在天空助阵。

　　阿斯卡苏比在内战中、在与巴西的战争中、在乌拉圭大战中入伍，在他漂泊的一生中，可谓见多识广；奇怪的是他描述的最生动的总是自己从未见过的东西：印第安人对布宜诺斯艾利斯省边界地区的侵犯。艺术首先是一种梦想的形式，这并非无稽之谈。

阿斯卡苏比一八七〇年在巴黎创作了几乎写不完的韵律小说《桑托斯·维加》；除了某些著名的章节外，这部特别沉闷的作品为其作者身后的名誉造成了损害。阿斯卡苏比的精华散见于《莽汉阿尼塞托》和《保利诺·卢塞罗》中。从他的全部作品中编一部选集比重复再版《桑托斯·维加》更能增加他的光彩，尽管多家出版社更热衷于出版后者。

在撂下阿斯卡苏比之前，让我们来回想他的两首光彩夺目的十行诗，第一首是写给马塞利诺·索萨上校的，他曾与联邦分子或白人作战：

我的马塞利诺上校，

勇敢的游击士兵，

东方的钢铁胸膛

和宝石的心灵；

来犯的杀人凶手，

可恶的叛徒

和最难驯服的畜牲，

只要索萨到场

都要将可憎的生命

献给他的刀锋！

下面这首，再现了一个乡间舞会的场面：

然后他叫出自己的舞伴

胡安娜·罗莎，

他们开始了转动

跳的"半瓶"却成了"满瓶"[1]。

姑娘啊！她的臀部

几乎脱离了身躯

因为每个动作

都要将人们躲避

每当卢塞罗靠近

---

1 原文中的"半瓶"（media caña）是一种民间舞，"满瓶"（caña entera）是相
对于"半瓶"的文字游戏，意思是跳得筋疲力尽。

都要从他的双手逃离。

　　阿斯卡苏比的格调，与其说是高乔的，有时更像是郊区的土生白人，郊区农村的。这个特征（《马丁·菲耶罗》某些粗犷特征的先驱）使他有别于其启发者巴尔托洛梅·伊达尔戈，后者的对象，尽管有粗野之处，还是正派的乡亲。

　　阿斯卡苏比于一八〇七年出生在科尔多瓦，一八七五年在布宜诺斯艾利斯辞世。里卡多·罗哈斯有理由强调他男子汉的勇气，在蒙得维的亚被包围的广场，他曾多次用即席吟颂猛烈抨击罗萨斯[1]和奥里维[2]；我们记得在这座城市，另一位统一派撰稿人弗罗伦西奥·瓦雷拉，《拉普拉塔商报》的创始人和编者，遭"棒子队"[3]成员们杀害。

　　伊拉里奥·阿斯卡苏比为了表明与伊达尔戈诗歌的关联，有时肯定《哈辛托·查诺》；埃斯塔尼斯拉奥·德尔坎波，阿斯卡苏比的朋友和继承者，肯定《童子鸡阿纳斯塔西奥》是

1　Juan Manuel de Rosas（1793—1877），阿根廷军事和政治领导人。
2　Manuel Ceferino Oribe（1792—1857），乌拉圭第二任总统（1835—1838）。
3　"棒子队"是人们对独裁者罗萨斯的打手暗杀团的俗称。

《莽汉阿尼塞托》众所周知的变异。他最有名的作品是《浮士德》，像原始人的诗歌一样，它可以不用印刷，因为它依然铭刻在人们尤其是妇女的记忆中；有件事实足以使人受到启发，《浮士德》的高乔本性，与其说在实质，不如说在形式。的确，在我们将要研究的所有诗作中，没有哪一部更刻意地表现乡村词汇，或许也没有哪一部更远离乡亲的思维方式。有些诋毁者——拉菲尔·埃尔南德斯，何塞·埃尔南德斯的弟弟，或许是第一位——指责埃斯塔尼斯拉奥·德尔坎波不了解高乔。甚至连这位英雄的坐骑的毛都被检验过并遭到责难。这样的指责实属荒谬。在一八六○年代，在布宜诺斯艾利斯，难的不是了解高乔人，而是不了解高乔人。那时乡村和城市连在一起，平民就是土生白人。况且，埃斯塔尼斯拉奥·德尔坎波上校参加过围困布宜诺斯艾利斯、帕翁战役、赛佩塔战役和一八七四年革命；他指挥的部队，尤其是骑兵，就是高乔人。在《浮士德》中，人们指出的错误是疏忽，恰恰是出于粗心大意，因为对素材太熟悉了，在处理细节时未加推敲。或许埃斯塔尼斯拉奥·德尔坎波对乡村劳动不甚在行，但绝非一无所知，我们再说一遍，高乔人的心理毫不复杂。

　　人们还说《浮士德》的内容是因袭的,因为一个高乔人不可能理解一部歌剧的情节,也无法忍受它的音乐。这是真的,不过我们可以推断这也是这部作品的总的玩笑的组成部分。诗作的真诚,比几个跑调的比喻和不允许他把"桃红-玫瑰红"的毛色混同起来的批驳更重要。它的核心价值在于伙伴的对话所透射出的友情。埃斯塔尼斯拉奥·德尔坎波同时留下了其他土生白人的作品。最著名的是《高乔政府》,他提出了类似《马丁·菲耶罗》中提倡的改革。他于一八六二年乘船赴欧洲,在一封写给伊拉里奥·阿斯卡苏比的信中,录有如下的十行诗:

　　　　为了你们,

　　　　我甚至乞求圣灵,

　　　　乞求仁慈圣母

　　　　用斗篷将你们庇护,

　　　　请上帝允许你们

　　　　乘航船踏上征途,

天空中没有乌云翻卷，
波涛上没有猛烈颠连，
就连噘嘴鱼的尾巴
都不会打击航船。

这伤心的歌手在此
结束了他粗糙的诗篇，
用钢笔的笔杆
将它们拴在你的汽船。
莫奇怪没有鲜花
在我可怜的音乐会绽放：
沙漠不长玫瑰，
康乃馨不会开在刺蓟上，
布满荒草的田野
从来不长夜来香。

　　我们确信埃斯塔尼斯拉奥·德尔坎波是勇敢的。在反对
乌尔吉萨的战场上，他穿着华丽的军装参加战斗，右手放在

军帽下，向第一批子弹致意。他个人的和蔼可亲在作品中得到了延续。

我们刚刚评价的诗人被称作埃尔南德斯的先驱。实际上，除了让高乔人用农民的语调或词汇说话的共同主张，哪一个也不是。我们现在要研究的这位诗人，其作品在拉普拉塔河地区几乎尚无人知，他恰恰是埃尔南德斯的先驱，可以说，除此以外，他什么也不是。卢贡内斯在《帕亚多尔》的第一八九页写道：

"堂安东尼奥·卢西奇刚刚写了一部书，《三个东部高乔人》，将被称作'阿帕里希奥运动'的乌拉圭革命时的高乔典型人物置于舞台上，受到埃尔南德斯的祝贺，看来是给了他适时的鼓励。这部作品寄去后，使埃尔南德斯产生了好心情。卢西奇先生的作品是在布宜诺斯艾利斯于一八七二年六月十四日由'论坛'印刷厂出版的。埃尔南德斯感谢卢西奇给他寄书的贺信是同年同月的二十日写的。《马丁·菲耶罗》是十二月面世的。卢西奇的诗句俊秀潇洒，与农民的特点和语言相符，形式有四行体、十行体，也有帕亚多尔的六行体，后者是埃尔南德斯采用的最典型的诗体。"

开头，卢西奇的书，与其说是《马丁·菲耶罗》的预告，不如说是拉蒙·孔特雷拉斯和查诺的对话的翻版，的确是相当笨拙的翻版。三位老兵讲述他们曾经的丰功伟绩。然而他们的叙述却不只是历史事件，还包括大量自传性的隐私、悲哀或愤怒的积怨，这几乎是抢先说了"马丁·菲耶罗"的话语。他的语调不同于阿斯卡苏比或伊达尔戈，已经是埃尔南德斯的。后者在《高乔人马丁·菲耶罗》中说：

> 我带上千里乌骓，
> 顶呱呱出类拔萃！
> 用它在阿亚库乔，
> 赢金钱强似圣水。
> 高乔人需要骏马，
> 困窘时可免狼狈。
>
> 我当时并未迟疑，
> 马背上驮好行李。
> 带走了篷秋鞍垫，

家里的全部东西。

只剩下半裸妻子，

全没有遮体之衣。

备好了全套马具，

那次我毫无保留：

嚼子和缰绳辔头，

马绊和套索套球……

别看我今日寒酸，

就怀疑我在吹牛！

此前，卢西奇写道：

我带走一整套马具，

带滑轮的嚼子

多么精巧，

精致的缰绳，

马鞍衬垫的牛皮

鞣制得非常精到；
带了多少多物件，
甚至有一条厚厚的毛毯，
尽管华丽无助于奔驰，
还是要立即将马打扮。

我能把钱袋攥出汗水，
因为我从不小气：
带来一件毛料宽大的篷秋
一直能拖到脚底，
一条上好的鞍垫，
我可以放松休闲；
既能够抵御风暴
又可度过饥寒，
不用丢弃任何物件
哪怕是一只生锈的铁环。

我的马刺坚实有力，

皮鞭上缀着金环，

美丽的短刀，上好的套球，

还有绊马索和笼头。

在宽宽大腰带里

放着十枚银币，

为了随便去哪一家赌场，

因为我酷爱玩牌的游戏，

赌博中我猜得更准，

而且有好的手气。

银扣、脖套和肚带，

马镫、笼头

以及我们的套索，

上面印着"大东方"[1]的字样。

我再也没见过

这么完美豪华的马具。

---

[1] la gran Banda Oriental，指乌拉圭河以东、格兰德河以北的土地，即今天的乌拉圭东岸共和国和巴西南部的一部分。

他娘的！在骏马上
像太阳一样闪光。
我简直连想都不愿再想，
既然空想派不上用场！

我骑上一匹高头大马，
轻快得像一道光芒。
哎呀！对于骑手的拼搏
真是超级的棒！
它的身躯散发着热量，
佩戴的马具
像明媚的月亮
刚刚升上山岗。
我带着自豪而且并非玩笑，
我就坐在马背上。

埃尔南德斯会说：

就这样挨到夜晚，

寻巢穴去把身藏，

老虎能栖居巢穴，

人何尝不是一样，

我所以不愿回家，

只为把警察提防。

卢西奇早就说过：

一定会有多余的山峦，

那里是我的藏身之地，

野兽会在那里筑窝，

人也会在那里躲避。

卢西奇出现在埃尔南德斯之前，但是倘若埃尔南德斯并非受他的启发而写了《马丁·菲耶罗》，卢西奇的作品便会微不足道，在乌拉圭文学史上几乎不值一提。我们注意到，在进入本书的正题之前，这个悖论好像在和时间做魔幻的游戏：

卢西奇创造埃尔南德斯，即使是部分地，同时又被其创造。
人们可以不那么惊奇地说，卢西奇的对话是埃尔南德斯最终
作品的临时的却是无可争辩的草稿。

何塞·埃尔南德斯

卢贡内斯称《马丁·菲耶罗》为史诗，这一伟大称谓使他不得不赞美埃尔南德斯或想象他有非凡的灵感。最终他选择后者（这是最合理的），并将诗作的卓越与诗人的平庸作了对照。在《帕亚多尔》的第七章，他写道："埃尔南德斯从来不知其重要性，除了那次机会，他没有天赋……那部诗作构成他的一生，除此以外，他整个是一个平常人，他的思想在当时也是平庸的。"我们将会看到，这带有诬陷性的见解犯了某种夸大其词的老毛病。

何塞·埃尔南德斯的传记，素材的主要来源依然是他的弟弟拉菲尔·埃尔南德斯的文章，包括在题为《佩瓦霍——街头术语》中。这本书的历史很奇特。一八九六年，佩瓦霍市政府要以阿根廷诗人的名字命名该市的街道和广场。拉菲尔·埃尔南德斯主持审议委员会，发表了一本受纪念者的传记，其中就有何塞·埃尔南德斯。

此人于一八三四年十一月十日出生在普埃雷东庄园，即当今的圣马丁区，布宜诺斯艾利斯西北约数十里。他的家庭，在父系方面，属联邦派，母系方面（普埃雷东人），属统一派。他有西班牙、爱尔兰和法国血统。

六岁前，埃尔南德斯生活在圣马丁区。从六岁至九岁，他居住在巴拉卡斯的一栋别墅。十八岁时，作牧场总管的父亲将他带到布宜诺斯艾利斯省的南部，当时属于原始地区。他的弟弟告诉我们，在那里"他变成了高乔人，学会了骑马，多次参加战斗，抵御潘帕印第安人的侵袭，参与聚拢牲畜并出席其父亲操办的重要工作，如今的人们对此已一无所知"。在一八八二年前后，何塞·埃尔南德斯曾深情地怀念那段时光："你们如果曾穿过南方的乡野，会和我一样，看到无数野生的母马，没有一群是定居的，这在不久前已经彻底消失了。在罗萨斯时代，在一些农村还有这么多野生的母马，为了带领马群通过，必须要有一个人在前面领路，以免被相遇的大群母马裹挟，它们感到有人来，便会飞奔而去。它们全是野生的，六岁，八岁，十岁或更老，从未经过人的驯服。这里能造就乡间的骑手，强壮的套球手，有名的套索手和灵敏的赛马手。"（见《庄园主的训示》，第二六九页）

埃尔南德斯在乡下生活了九年。一八五三年，曾在林孔·德·圣格雷果里奥作战。一八五六年，在布宜诺斯艾利斯从事新闻工作。后来，他的生活是多种多样的。他曾从军，因一次极神秘的决斗而放弃，曾做过贸易职员，曾在赛佩塔和他自己的省作战，曾在帕拉纳会计事务所任职，在联邦立法机构任速记员，后又曾在乌尔吉萨身边，在帕翁和卡尼亚达-德戈麦斯作战。

一八六三年，他在一家报纸预言乌尔吉萨被杀事件（"在那里，在圣何塞，在家人的奉承中，他的血必会染红大厅"）。七年后，这个预言应验，埃尔南德斯和霍尔丹派一起参加了导致尼亚恩贝彻底垮台的恶战。据说他徒步逃到巴西边界。在《马丁·菲耶罗》的序言中，一些意犹未尽的话表明，这部书的写作帮助他远离了旅店生活的枯燥。卢贡内斯认为这指的是一家五月广场的旅店，埃尔南德斯在其"阴谋家的杂物堆中"即兴作了那部诗作；其他人认为指的是利布拉门托的圣安娜旅馆，在那里东方的和里奥格兰德的高乔人使他想起了布宜诺斯艾利斯的高乔人。某些乌拉圭乡村特有的短语证实了这种猜测。

里卡多·罗哈斯写道："在布宜诺斯艾利斯的立法机构，他曾和诸如莱安德罗·阿莱姆、贝纳尔多·德·伊里戈延等人论战。在布宜诺斯艾利斯政界和报界，他轮流和纳瓦罗·维奥拉或阿尔西纳在一起……为布宜诺斯艾利斯联邦和拉普拉塔基金会服务……用被他的朋友誉为管风琴般洪亮的声音，在巴列达德斯剧院作政治讲座。"卡洛斯·奥里维拉证实："他像一锤定音一样令人信服。他的体魄差不多相当于两个人。他的声音纯净有力，就像大教堂里的管风琴。语言是何等的流畅！"

一八八○年，他的朋友和冤家埃斯塔尼斯拉奥·德尔坎波被安葬于北方墓地，他曾在安葬仪式上讲话。

他回布宜诺斯艾利斯一段时间，住在今天被称作维森特·洛佩斯广场[1]的一座房子里。

---

1 在门厅，他曾指使一支可怕的画笔画过帕伊桑杜的围困，他的弟弟拉菲尔曾在那里战斗。——原注

他的晚年是在贝尔格拉诺的一个庄园里度过的，当时那里还不是首都的一个区，而是一个偏远的村镇。他弟弟为我们保留了他去世时的场景："终于，在一八八六年十月二十一日，这个巨人以孩子的虚弱垂下了结实的头颅，尚不满五十二岁，或许死于心脏病；在咽气前不到五分钟，体能还运用自如，他了解自己的状况便对我说：'兄弟，这就完了。'他最后的话是：'布宜诺斯艾利斯，布宜诺斯艾利斯……'就停止了。"

我们说过，《马丁·菲耶罗》并非埃尔南德斯的封顶之作。他在布宜诺斯艾利斯创办了《拉普拉塔河报》，他在上面这样表明自己的政治纲领："地方自治；市政选举；取消边界部队；调解法官、军事长官和学校顾问的选聘。"一八六二年在帕拉纳的《阿根廷人日报》上发表了题为《恰乔的一生》的小册子，用以回忆里奥哈的军政寡头安赫尔·维森特·佩尼亚罗萨并攻击萨米恩托。一八八〇年，达尔多·罗恰，时任布宜诺斯艾利斯市长，想派埃尔南德斯赴澳大利亚学习农牧业体制。埃尔南德斯拒绝了这份美意并因此而写了《庄园主的训示》，这是一部开山之作，因为我们在其中一页读到：

"至今为止，唯一检验过牧草的农学家，唯一分析过牧草的化学家，是吃夜草的动物。要么长肥要么死亡，就是这种状况，至今仍仅限于此。"

另一段似乎在预告《堂塞贡多·松布拉》："赶牛可以检验一个乡下人的知识；他对劳动的坚定；对完成任务的毅力；对水灾、严寒、酷暑，尤其是对梦想的忍耐力……那里考验人。就像海员在暴风雨中一样。"

除了其首要之作，埃尔南德斯的诗歌作品是不值一提的。不过值得流传的是对乌拉圭画家布兰内斯的著名油画《三十三位东方人》的高乔体风格的描述。

需要补充的是，出于好奇心，埃尔南德斯还是招魂的巫师。

拉菲尔·埃尔南德斯在我们引用的文章里，对他的记忆力赞不绝口："人们背着他甚至随便准备一百个单词，念给他听，他能立刻倒着、正着、跳跃着复述出来，甚至能按照原来提供词汇的顺序和规定的题目即兴赋诗或演说。这是他在社交时主要的消遣方式之一。"

对于何塞·埃尔南德斯，人们肯定他属于罗萨斯派。帕杰斯·拉腊亚在其《〈马丁·菲耶罗〉的散文》（布宜诺斯艾利斯，一九五二年）的第六章里驳斥了这样的诬蔑，并且引用了埃尔南德斯本人提供的证据。一八六九年，他表明：罗萨斯垮台了，"因为专制王朝是不会永久的"；五年后，他在评价那些罗萨斯的辩护者时，写了这样的话："这样的混淆不仅是无耻地捏造历史事实，而且是将美洲人民拖入在真理与罪恶之间持久的动荡，而且甚至会引导他们崇敬并神化屠杀自己的刽子手。"一八八四年前后，在一篇令人难忘的演说中，他重提此事："罗萨斯统治这片土地达二十年。二十年里，他的朋友们要求他给共和国一部宪法；二十年里，罗萨斯拒绝为共和国立宪；二十年里，他横行霸道，为所欲为，使国家在流血……"

罗萨斯政权的残酷和奴隶制离《马丁·菲耶罗》的作者太近了，他不可能为其辩护，埃尔南德斯是联邦派，但不是罗萨斯派。

埃尔南德斯认为外国移民会破坏这些省份的牧业运作，就像土生白人的参与一样。一八七四年，在一封致第八版《马丁·菲耶罗》出版者的信中，他写道："在我们的时代，一个以畜牧业为基本财富的国家，如布宜诺斯艾利斯以及阿根廷沿海和东部各省，同样可以高度文明并受人尊敬，像以农业致富或因矿产丰富、工厂完善而致富的国家一样……畜牧业可能成为一个国家基本的和最丰富的财源，而那个社会，可能像世界最先进的国家那样，拥有最自由的机构……拥有大学、中学、丰富多彩的新闻业；拥有自己的立法、文学和科学团体。"

这样的看法值得商榷，但会让人们猜测土生白人确信：畜牧业造就勇敢、豪放的人，而农业或工业产生懦弱、吝啬的人。

埃尔南德斯以上或其他的思想或看法，在某种意义上支撑着这部诗作。帕杰斯·拉腊亚（前面引用作品的第七七页）以此来反驳莱奥波尔多·卢贡内斯，认为"在任何一部作品中，无意识创作现象都是不可思议的"。我们认为卢贡内斯是有道理的。对埃尔南德斯及其当年的读者而言，《马丁·菲耶罗》可能是一部命题作品，是真实可信的，甚至其所以存在可能正是因为受到一定的令人信服的鼓舞。然而，这些并非诗作的全部价值，像所有的不朽之作一样，在作者自觉的意图里，有着深刻的、难以企及的根源。《堂吉诃德》的目的是为了将骑士小说归于荒诞，但是名声远远超出了那滑稽模仿的初衷。埃尔南德斯的写作是为了揭示当时当地的不公正，但是作品里的邪恶、命运和灾祸却化作了永恒。

《高乔人马丁·菲耶罗》

　　一八二四年苏克雷在阿亚库乔展开的军事行动实现了"美洲的独立"；半个世纪以后，在布宜诺斯艾利斯省的乡村，"征服"却尚未了结。在卡特列尔、宾森或纳姆古拉的指挥下，印第安人侵扰基督徒的庄园并抢掠牲畜；过了胡宁和阿苏尔，一溜碉堡标志着不稳定的边界，人们试图以此来遏制这种掠夺。当时军队起着一种惩罚的作用。在很大程度上，部队是由罪犯或被政治团伙任意驱赶的高乔人组成的。这种非法的招募，如卢贡内斯所说，没有固定的期限。埃尔南德斯写《马丁·菲耶罗》就是为了揭露这种制度。他向世人表明，这种征兵导致了乡村居民的破产。开头，主人公并不是具体的某个人，可以是任何一个高乔人，从某种意义上说，亦可是所有的高乔人。后来，随着埃尔南德斯越来越清晰的想象，这个人化作马丁·菲耶罗，化作了他本人，我们深深地认识了他，好像连自己都不认识了似的。

全诗以下面的一节开头：

> 我在此放声歌唱，
>
> 伴随着琴声悠扬；
>
> 一个人夜不能寐，
>
> 因为有莫大悲伤，
>
> 像一只离群孤鸟，
>
> 借歌声以慰凄凉。

在紧接着的一节里（我乞求上苍神明／帮我把思绪梳拢……），卢贡内斯强调了对慈悲神灵的乞求，"是叙事诗的习惯"。我们要补充的是这类乞求（同样出现在东方民族的诗歌中，其用法为但丁在一封有名的书信中所称颂）并非对《伊利亚特》机械的继承，而是源于一种本能的信念，即诗不是理性的产物，而是听命于某些隐蔽的力量。

任何艺术作品，无论多么现实主义，总要求一种常规：在《浮士德》中，有一个懂得并会叙述歌剧的乡下人；在《马丁·菲耶罗》中，虚构了一大段自传性的充满抱怨与吹嘘的吟唱，这与帕亚多尔传统的庄重是格格不入的。既然说到《浮士德》，有必要强调一下这两部诗作开头的基本区别。我们知道《浮士德》的开头是这样的：

有一匹玫瑰色的马，

它披着整齐的新装，

缓缓地，向下行进，

一位布拉加多老乡，

他姓普通的拉古纳，

优美地坐在马背上，

他娘的，好个骑手，

我以为盖世无双，

他能够把马驹降伏，

哪怕到天上的月亮。

埃斯塔尼斯拉奥·德尔坎波尽情地使用克里奥尔人的语汇，西班牙读者可能会读不懂这一节诗；埃尔南德斯则不然，他没有刻意寻求与众不同的语汇，其克里奥尔风格存在于语调之中，存在于平民百姓的某些不规范之中。埃尔南德斯没有装作高乔人以娱乐他人或自娱；埃尔南德斯从一开头，就已经自然而然地成了高乔人。

"莫大悲伤"这几个字就说明了他所许诺的漫长的叙述。然后他赞扬了自己作为歌手的天赋：

> 我情愿吟唱而死，
>
> 一直到入殓盖棺。

菲耶罗被强行征兵，由此引发了他的不幸。他以哀婉的激情回忆了曾属于他的昔日的幸福。他总结自己的命运时，说道：

> 在故土曾有田园，
>
> 与妻儿合家团圆；
>
> 但后来开始遭难，

被发配前去戍边。

归来时所剩何物，

破草棚断壁颓垣！¹

在另一些段落里他又申明：

我熟悉这块土地，

乡亲在这里栖居。

1　卢西奇在《三个东部高乔人》中，早已写道：

我曾有羊群和庄园；
马匹、房屋和圈栏；
我的辛福十真万确。
可今天缰绳被砍断！

咸肉、圈栏和所爱，
统统被"运动"扫空，
旧草棚都已倒塌……
虽不在却如明镜！

它们被战争吃光，
剩下者踪迹渺茫。
所遇者空空如也，
待到我重返田庄。　　——原注

他有座小小茅屋，
还有那妻室儿女……
看他们欢度岁月，
那真是无穷乐趣。

这一位紧系马刺，
那一位低吟上工。
有人找柔软鞍垫，
有人挑皮鞭索绳。
栅栏里劣马嘶鸣，
等主人同去出征。

那高乔最为不幸，
他曾有马群纯青，
而且也不乏安慰，
论处世强干精明……
牧场上放眼张望，
只看见骏马天空。

人们说何塞·埃尔南德斯要将罗萨斯时代庄园的幸福生活与他的时代的衰败和凄凉进行对比，而这种对比是绝对虚假的，因为高乔人从未有过类似的黄金时代。有必要指出的是，我们总是对失去的幸福进行夸张，如果说那画面并不符合历史的真实，却无疑符合歌手的怀旧情绪和绝望。有的评论家在"不乏安慰"这句诗中看到了一个经济的隐喻，我们认为这是一个爱的隐喻。一个安慰，在此指的是一个女人。

甚至连饭菜的组成回忆起来也带着满怀亲切的激情。

带皮的肉块端上，

烘烤得扑鼻喷香，

玉米粥磨得精细，

更有那馅饼酒浆……

可命运偏不作美，

一切都化作黄粱。

而命运的确发生了突变：

有一次盛会欢乐，

我正在引吭高歌。

对法官正中下怀，

好机会岂能错过。

他亲自赶到现场，

竟下令统统捕捉。

　　他们将菲耶罗派到一个边界的碉堡。我们知道埃尔南德斯的作品被看作一部英雄史诗，但在全诗的诸多部分中，这关于军事生活的部分，史诗的成分却最少。军政长官的暴虐、胡作非为与流氓行径，被招募的意大利人的愚蠢[1]，拖延

1　在整个《马丁·菲耶罗》中，外国人始终是嘲讽的对象。在农民和牧民中（在该隐与亚伯之间），仇恨是由来已久的。起初，高乔人对移民的蔑视是骑手对农夫的蔑视，是技术人员对外行和杂工的蔑视。后来，随着农业取代了畜牧业，这种关系发生了逆转……高乔人的憎恨并没有局限于口头的发泄；1873 年 1 月 1 日，一位被人们称为"上帝老爷"的人在坦迪尔一块活动的岩石前，在有关当局逮捕和枪毙他之前，竟然召集了上百名高乔人，杀死了四十个欧洲人。——原注

的军饷，体罚，鞭笞与哥伦比亚式的"塞包"[1]耗尽了歌唱的篇幅。

史诗成分的缺乏是有理由的。埃尔南德斯想实施一种我们今天所谓的反军事行动，这使他不得不削弱或减轻英雄行为，以免主人公所遭受的苦难染上荣誉的意味。因此，在阿斯卡苏比和埃切维里亚作品中有关"偷袭"的章节都是史诗性的，而在埃尔南德斯的作品中却不然。在描述一场战斗时，他总是坚持要写主人公开始时的恐惧，正如第一次世界大战期间和平主义作家们所做的那样。菲耶罗和一个印第安人搏斗，这场决斗（罗哈斯认为是全书最精彩的故事之一）给我们留下的印象还不如在酒馆里发生的事情强烈：

---

1 "塞包是桎梏并折磨被捕者的刑具。两个粗大的木梁，一端用合页连接，另一端用锁锁住。每一根梁上都有与另一根相应的半圆的孔，两根合起来时便形成圆孔；两个最大的半圆，是锁脖子用的，其余是锁腿用的。被捕者躺在地上，被锁住双腿或脖子。"（圣地亚哥·M.卢贡内斯，第四十一页）军营中往往没有这种刑具，取代的办法是"让犯人并拢双膝，跪在地上，将他的两个手腕紧紧捆住，双臂在双膝外面，在双膝下面和双臂上面，用一根木棍或一支步枪别住"（弗朗西斯科·I.卡斯特罗）。后者叫做野营塞包或哥伦比亚塞包。——原注

他一心只想杀我，

愿上帝宽恕野人……

我解下三星球索，

诱使他跃马紧跟。

若不是身带此物，

定然是一命归阴。

他本是酋长之子，

经调查才知底细。

无奈何情况紧急，

实在是形势所逼。

我最后抛出球索，

打得他坠马落地。

我立即扑到地上，

踏住了他的肩膀。

他发出痛苦呻吟，

始现出可怜模样……

　　　　我总算行了善事，

　　　　　使得他蹬腿身亡。

　　这样过了三年，有一天开始给队伍发饷，却没有菲耶罗
的，因为他不在花名册上。菲耶罗懂得了那生活已毫无希望
可言，便决心逃离碉堡。他利用了一次首长和法官饮宴的机
会，逃回了自己的草棚：

　　　　白白地经受熬煎，

　　　　三年后重返家园。

　　　　开小差一贫如洗，

　　　　只求个时来运转。

　　　　穿山甲藏进洞穴，

　　　　避风险暂把身安。

　　　　旧草房荡然无存，

　　　　只剩下茅草几根。

　　　　也只有老天知晓，

我多么疾首痛心。

那时节曾经发誓：

比豺狼更狠十分！

只听得几声尖叫，

幸存着一只公猫。

隐藏在野兔窝里，

可怜虫才把命保。

我回来无人通报，

它好像早已知晓。

老婆已另找他人，孩子们也不知到何处当雇工去了。在离开家庭的漫长岁月里，菲耶罗没有一点他们的消息。在无依无靠又目不识丁的贫穷中断绝音信，或许他永远失去了他们。于是他决心成为一个高乔逃犯，或者不如说，是命运为他做出了抉择。

菲耶罗，原本是一个正派的乡亲，受大家尊敬，也尊敬别人，可现在却成了一个流浪汉和逃兵。对社会来说，他是一个罪人，是这种普遍的看法使他成了罪人，因为我们都有一种倾向：似乎别人怎样想我们，我们就是怎样的人。边境的生活、遭遇和苦难改变了他的性格。再加上酒精的影响，这是当时我们农村普遍的陋习。酗酒使他好斗。在一个酒馆里，他戏弄一个女人，迫使她的黑人伴侣与他打斗，并在决斗中粗暴地用刀害死了那个黑人。我们所以说害死而不说杀死，是因为被侮辱者自行卷入对手引起的争斗，从一卷入他就已经输给对手了。这个场面，其残酷性与伊拉里奥·阿斯卡苏比的《雷法罗萨》相比一点也不逊色，或许是全诗最有名的部分，对此倒也当之无愧。不幸的是在阿根廷，人们是用容忍或赞赏而不是怀着恐惧的感情来阅读这一章的。搏斗是这样结束的：

> 最后一个回合里，
> 用刀将他高挑起。
> 朝着篱笆扔过去，
> 尸首像是一袋米。

两只脚蹬了几下，
定然是回了老家。
我终生不能忘记，
他那种垂死挣扎。

黑姑娘抢先跪倒，
两只眼红似辣椒。
在那里放声痛哭，
就像是母狼嚎叫。

我本想打她一顿，
制止住她的哭嚎，
然而我低头一想，
那样做实在不高。
我不该惩治女人，
出于对死者礼貌。

用牧草将刀擦净，

解开了老马缰绳。

慢慢地跨上鞍去，

隐蔽处缓缓而行。

我们不知道"惩治"那黑人的妻子是又一种粗暴呢，还是一种醉汉的胡来。倒是想象成后者更仁慈一些。倒数第二行诗的"慢慢地跨上鞍去"明显地是为了不表现出恐惧或懊悔。

在这场搏斗之后，又在另一家酒馆发生了另一场搏斗。与前一场不同，因为前一场有很多环境特征，而这一场几乎是抽象的，而且时间很短。卢贡内斯说："诗人又回到自己的诗章，但是为了不重复必然相似的场面，他只用了十八句诗。"这样的想象或许是合乎情理的：这又一个不确指的死亡意味着很多的死亡，埃尔南德斯更愿意这样进行暗示。

马丁·菲耶罗变成了逃犯，在荒原上四处游荡。全诗最令人赞赏的特征之一是景色描写，这种描写不是直接进行的。在《浮士德》和《堂塞贡多·松布拉》中，诸多景物描写似乎都是与人物脱节的，比如天空，无非是预示天晴或下雨；

在《马丁·菲耶罗》中，潘帕草原则以令人敬佩的精明启示着人们：

> 每当那夜幕降临，
> 大家都睡意沉沉。
> 听不见一点声音。
> 他却向草丛走去，
> 要寻找地方栖身，
> 该多么令人伤心。
>
> 旷野中一片凄清，
> 度长夜直到天明。
> 眼望着繁星运转，
> 是上帝造就苍穹。
> 高乔人与谁为伴，
> 除野兽便是孤零。

在平原上一个这样的夜晚，警察包围了马丁·菲耶罗，因为他欠下两条人命而要逮捕他：

> 警察们将我包围，
> 如同捉丧家之犬。
> 我说声苍天保佑，
> 持利刃与之周旋。

搏斗在黑暗中进行。菲耶罗是自卫，以一种对手们所没有的拼命精神战斗，杀伤了多个警察。这种勇气打动了指挥警察小队的军曹，他令人难以置信地站在了罪犯一边，反过来与自己的宪警们作战。他的抉择表明，在这片土地上，个人从来感觉不到与国家的一致。这种个人主义可能是西班牙的遗产。我们不禁想起了《堂吉诃德》那很有意义的一章，主人公释放了囚犯并说："清白无辜的人不能做屠杀别人的刽子手，这对他们毫无益处。"

> 或许有哪位天神，
> 拯救了高乔灵魂，

只听得一声怒吼：
"不能昧天理良心！
克鲁斯决不允许，
伤害这勇士高人！"
随话音来我身边，
他反身给我助战。
我乘势发动攻击，
两个人更加灵便。
克鲁斯勇似猛虎，
像保卫虎穴一般……

看死尸躺在地上，
嘴脸都拉得很长。
还有个像只皮箱，
克鲁斯从后言讲：
"还需要再来警察，
把他们装到车上！"

收拾好死者尸体，

做祈祷跪下双膝。

十字架木棒做成，

怜悯我请求上帝，

饶恕我作孽多端，

这些人都已死去。

克鲁斯向他讲述了自己的经历，按照胡安·玛利亚·托雷斯的看法，这也是菲耶罗自己的历史。克鲁斯同样杀过两个人，其中一个，是个向他挑衅的歌手：

他不该寻衅嘲笑，

付出的代价极高。

老弟我一旦喝酒，

理智便抛上九霄。

他是个小可怜虫，

吓成了软蛋脓包。

要说到救人急难，

女人们颇为能干：

在歌手流血之前，

藏他在酒桶之间。

我就地给他破肚，

用肠子赔他琴弦。

在长诗的这部分，埃尔南德斯忘记了克鲁斯是在田野中向菲耶罗讲述这些事情，因而让他吹嘘自己用诗句表述的能力……[1]

交流了知心话，两位朋友决定穿过沙漠，到印第安人中间去藏身。马丁·菲耶罗说道：

咱们是同根所生，

两个瓜一根枯藤：

我今生遭遇不幸，

---

1 见开头是"其他人歌涌如泉"的一节。（其他人歌涌如泉，／声朗朗流水潺潺，／比他们我不逊色，／我的歌虽不值钱，／歌词儿脱口而出，／似羊群冲出羊圈。）

你此世坎坷不平。
我决心结束厄运，
去土人部落谋生。

在那里无需劳动，
像一位大人先生；
不时把白人偷袭，
只要能逃出性命，
就可以仰卧朝天，
观赏那日月苍穹。

既然是命运残酷，
使你我日暮途穷。
到那里结束苦难，
咱们会重见光明。
到处有良田沃土，
克鲁斯，咱们起程！

这些话是很明确的，他的意图是很清楚的；边境的兵役使菲耶罗变成了流浪汉，然后变成了罪犯，再后又变成了逃离文明生活并在野蛮人中寻求庇护的逃犯。然而里卡多·罗哈斯在他的《阿根廷文学》中却为我们提供了一种独到的见解："在克鲁斯戏剧性的自传（第十、十一和十二章）或菲耶罗忧伤的思考（第十三章）中，似乎有一种本能的抗议在激荡，但是如果仔细看，便会看到在两位朋友的言谈中，有一种圣洁的叛逆精神。他们所以抗议一种机制，是因为憧憬着另一种更好的机制……"

克鲁斯与菲耶罗进入了荒原，我们预感到他们会消失。对阿根廷人来说，在整个文学中，或许还没有比下面这些诗句更加隽永动人的：

> 他两个溜进圈栏，
>
> 偷偷把马群驱赶。
>
> 对此事非常老练，
>
> 叫牲口走在前面。
>
> 很快就过了边界，

神不知鬼也未见。

他们已越过边界，
那时正升起曙光。
克鲁斯劝说马丁，
再看看身后村庄。
就只见珠泪两行，
挂在他朋友脸上。

在开始穿越沙漠时，这两行黎明中流下的泪珠，比任何
抱怨都更加动人。像《失乐园》一样，作品以两个奔向远方
并在渺茫的前途中消逝的形象而结束。在多年后发表的第二
部分，作者才向我们揭示了他们的命运。

《马丁·菲耶罗归来》

凡传世之书，无不有超凡之处。在《马丁·菲耶罗》中，像在《堂吉诃德》中一样，这一魔幻因素源自作者和作品的关系。在上部末尾的几段，出现了一位歌者，显然是埃尔南德斯本人，他打烂了陪伴菲耶罗故事的吉他：

> 现在将吉他打烂，
>
> 从今后不再拨弹。
>
> 人们可把心放宽，
>
> 没有人再调琴弦，
>
> 任何人无需再唱，
>
> 在下我已经唱完。

这些话似乎表明了不再续讲故事的意图。然而，我们紧接着读到：

> 沿着那既定方向，
> 走进了漠漠大荒。
> 旅途中或有争斗，
> 也不知生死存亡；
> 但愿得有朝一日，
> 知道些真情实况。

这些话暗示作者将继续讲述这故事。

《高乔人马丁·菲耶罗》发表于一八七二年底。七年后，在阿根廷共和国和乌拉圭，出了十一版，均已告罄，这就是说，四万八千册，在当时可是很大的数字。一八七九年，《马丁·菲耶罗归来》面世。埃尔南德斯在序言中解释说，早在他想写此书很久以前，公众就给它起了这个名字。

在手稿上，开头的一段是这样的：

注意啊，大家安静，

请诸位精神集中。

倘若是记忆助我，

此时节我要讲清，

我曾经讲的故事

痛苦的发展进程。

埃尔南德斯改动了最后的两行，改得妙，现在是这样：

这故事未曾讲完，

如画龙未点眼睛。

在定稿上有一种商业宣传的味道。卢贡内斯赞同这个变动。

第二段令人赞叹：

我刚从大漠归来，

还陷在沉沉梦中；

面对着慷慨听众，

不知我能否讲清，

当听到六弦琴声，

能否从梦中清醒。

　　此处的歌者是马丁·菲耶罗，但以后，一方面已然是他，同时又是埃尔南德斯，后者在回想自己的荣耀，说着帕亚多尔不会说的事情：

在这里没有虚谎

俱都是真情实况。

胜过了我和听众，

胜过了尘事传扬，

胜过了他们所讲，

我的歌永久绵长。

多少遍深思熟虑，

才敢于如此逞强。

其他的诗句似乎在影射埃斯塔尼斯拉奥·德尔坎波：

我认识诸多歌者，

那声音悦耳动听；

但他们只为娱乐，

不愿将政见表明。

我唱歌与众不同，

一边唱一边批评。

两位朋友穿过了沙漠，来到本省西部的一个印第安人营地（直奔那日落之处／向内地驰骋迅跑）。但印第安人正策划一次侵袭，将他们当作了奸细。一位酋长救了他们的性命，但作为俘虏，将他们留在了庄里。他们这样过了几年。

在上部为我们展示的乡间世界是极残酷的，对此谁会怀疑？但是诗人在续集中，完成了向我们展示另一个乡间世界的伟绩，后者在残酷性和某种魔鬼品格方面几乎是无限地超越了前者。这是通过重要特征的积累来表现的，诗人联想到一种黑暗的疯狂：

按照我所能想象，

　　简直像野兽发狂；

　　呐喊声令人生畏，

　　像一片惊涛骇浪；

　　直闹了两个钟点，

　　那旋风才告收场。

　　同样，看看只要一个印第安人呐喊，其他人就不停地重复就够了：

　　有些人担任警戒，

　　将我们严加看管；

　　看样子似在酣睡，

　　实际上却是不然；

　　"古因卡"[1]一声惊叫，

　　大家就喊个没完。

1　在印第安人的语言中，是"白人"的意思。

赫德森说，印第安人的体臭使基督徒的马匹发疯。这一特征似乎证实了在那些人身上有某种兽性。一次天花瘟疫使部落大批人死亡，巫师们残酷的治疗方法更是雪上加霜：

　　　　患病者岂是治病，
　　　　分明在忍受酷刑。
　　　　治疗法如何施行，
　　　　压和打罪过不轻；
　　　　揪头发一缕一缕，
　　　　活像是旱地拔葱。

　　　　还有人嘴唇烫烂，
　　　　哪管他叫苦连天；
　　　　抓住他按在地上，
　　　　唇和齿都被烧遍；
　　　　用的是滚热鸡蛋，
　　　　老母鸡也要精选。

在这些无情的治疗手段背后，或许有罪过和赎罪的意思。

这里有一件简单而又可悲的插曲：

小洋人是个俘虏，

时不时在说轮船。

硬诬他传播瘟疫，

便将他抛入泥潭。

两只眼非常别致，

像马驹一样发蓝。

老巫婆发号施令，

要对他处以极刑；

哪管他呻吟抱怨，

想抗拒万万不能。

他抬起那双泪眼，

像绵羊临死求生。

当人们宰杀绵羊时，它不叫，而是翻白眼 [1]。

保护菲耶罗和克鲁斯的酋长死了，后来克鲁斯也死了。菲耶罗难过地讲述了克鲁斯之死，好像不愿那可怕的时刻在记忆里复活：

> 跪在他身体旁边，
>
> 向耶稣为他祷念。
>
> 眼朦胧昏暗一片，
>
> 头发晕天旋地转。
>
> 看到他一命归天，
>
> 我顿时如中雷电！

1　被俘洋人引起的同情以及他和马驹的对比，说明他是一个孩子，其无辜就更加令人悲伤。他的父母将他带来所乘的轮船给他留下深刻的印象，这是很自然的。这一切都很显然，可蒂斯科尼亚却这样评论最后的诗句："换言之：倒霉的海员翻着白眼。"对第 2170 行诗（*Y un plumaje como tabla*：羽毛美宛似彩画）的理解同样是异想天开的。圣地亚哥·M.卢贡内斯和罗西直接理解为："平坦、光滑"。蒂斯科尼亚忠实于将《马丁·菲耶罗》西班牙化的意图，评论道："言其美是出于色彩的多样，*tabla* 一词用的是科瓦鲁比亚带来的旧词义：我们称一种颜色为画板（*tabla*），因为它画在画板上（Tesoro, 11, fol.181r.）。"——原注

在弥留之际，克鲁斯将一个抛弃的幼子托付给他：

> 将幼子托付与我，
>
> 他过去撒在乡间：
>
> "那孩子多么不幸，
>
> 被遗弃无人照管。"

此前从未提过自己的儿子说明了那些人典型的粗鲁。

现在，我们来到一个令人难忘的场面。菲耶罗在克鲁斯的墓旁思考，风吹来了幽怨之声。他赶过去，看到一位被捆着双手的女基督徒。地上有一个死去的孩子。一个印第安人用皮鞭抽她，皮鞭上血迹斑斑。后来女子向他解释，她是一个女俘，印第安人给她加上巫术的罪名并砍下她儿子的头颅：

> 那蛮子惨无人道，
>
> （她对我泣不成声），
>
> 抽出了孩子小肠，
>
> 捆绑我当作麻绳。

菲耶罗和印第安人相互对视，用不着说话：

　　　　　一霎时在我心间，

　　　　　分不出是苦是酸。

　　　　　野蛮人态度傲慢，

　　　　　表情是何等凶顽；

　　　　　我与他对视一眼，

　　　　　彼此已不宣而战。

　　静静地，可怕的搏斗开始了。菲耶罗持刀；印第安人用

拴着石球的套锁[1]。

　　菲耶罗搏斗时想到，倘若克鲁斯在场，他便毫无顾忌：

　　　　　两个人若在一起，

　　　　　全上来有何畏惧。

1　在十九世纪末年，圣尼古拉斯区的盗匪（据爱德华多·古铁雷斯证实），吉列
　　尔莫·奥约，更被称作"黑蚁"，就是用套锁和刀搏斗。——原注

两个人对视，一动不动地盯着对方，那种紧张场面不逊于争斗。菲耶罗冲向印第安人，后者倒退。菲耶罗向前时绊在"奇里帕"[1]上，并横倒在地上。

印第安人扑向他，眼看就要杀他了，这时那位女子一拽，将他拽了起来。（这个场景在西部片中会成经典。）搏斗在继续，印第安人倒退时，滑倒在孩子的尸体上。那时菲耶罗砍在他的身上和头上。鲜血迷住了他的眼睛，喉咙里发出一种嗥叫。然后：

> 结束了那场血战，
>
> 我用刀将他挑起；
>
> 将那个大漠之子
>
> 用全力向上高举；
>
> 拖出了一段距离。
>
> 知道他已经断气，
>
> 便将他扔在那里。

---

1 chiripá，高乔人的衣物，类似围裙，盖住从腰部到膝盖的部位。

菲耶罗和那位女子感谢上帝。歌咏这样结束：

当她已祷告完毕，

像雌狮[1]一跃而起；

并没有停止哭泣，

收拾了孩儿尸体。

在我的帮助之下，

包裹在破布片里。

印第安人死了，菲耶罗和那女子必须逃离那村落。菲耶罗将自己的马让与那女子，他骑上死者的马：

我跨上死者坐骑，

---

[1] 此处难免令人想起但丁的"行吟诗人"：

她什么也没对我们讲，
却让我们走了，只是
将我们张望，像休息的狮子一样。
《炼狱》，第六章，65—66）——原注

是一匹千里乌骓。

双腿才跨上鞍蹬，

恨不得插翅高飞。

那骏马即如猎犬，

跑起来流矢难追。

他们将印第安人的尸体藏在庄稼茬子里，使其他印第安人不易找到以赢得时间的优势。两个人，历经艰难困苦——有时吃生肉，有时以草根充饥，穿过了沙漠，最终抵达了前几个庄园：

经过了诸多风险，

真令人忐忑不安，

总算是安然无恙，

远望见一座高山；

我们俩终到此处，

有瓮布[1]长在那边。

1　ombú，一种植物，只有高乔人居住的地方才有。

克鲁斯葬身他乡，

我心中重又悲伤，

面对着苍天浩渺，

满怀着无限敬仰。

亲吻了神赐福地，

无土人敢来这方。

出于好奇心，批评家对一个问题感到不安。沙漠的黑夜掩盖了爱的情怀？卢贡内斯认为非也，因为"骑士的慷慨不懂得复杂的情欲"；罗哈斯的理解是，或许发生了什么，但埃尔南德斯十分谨慎。

在他们遇到的第一个庄园，菲耶罗告别了这位临时的旅伴。许多年过去了。三年在碉堡里，两年作为逃兵和盗匪，五年在印第安人的营地，这就十年了。迫害菲耶罗的法官已经死了，此人黑暗的罪行已被法院遗忘。菲耶罗去参加赛马会：

不消说就在那里，

千万个高乔当中，

许多人早已知道

　　什么人名叫马丁。

　　这会使我们想起在《堂吉诃德》第二部里出现的人物也是读过第一部的读者。

　　在这些人中，有马丁·菲耶罗的两个儿子，他们照顾着一些马匹。他们并没有立即认出他，因为他已经很老了，而且像印第安人。人们说他的妻子在一家医院里去世。

　　埃尔南德斯认为主人公与这样的人物——对我们而言，几乎不存在——的见面不会感人，便用寥寥几行诗句很快把他们打发了：

　　拥抱的热烈场面，

　　还有那亲吻哭声，

　　全都是妇人行径，

　　她们才如此多情。

　　男子汉全都知晓，

　　英雄们所见略同：

大家要唱歌跳舞，

哭和吻悄悄进行。

    人们或许依稀可见一个对埃斯塔尼斯拉奥·德尔坎波笔下的热情的高乔人加的旁注，拉菲尔·埃尔南德斯在关于佩瓦霍的书中写道，与其说他们像高乔人，不如说更像河口地区的外国人。此外，菲耶罗的两个儿子没有个性。作者认为，他们只是叙述乡村事物的借口或者为了其叙述的方便。

    父亲从沙漠归来；长子属于那人造沙漠，人类的成果，监狱的单人牢房。菲耶罗曾说过：

被掠走多少财富

迷失在异地他乡，

时间像戴上锁链，

已不再向前延长，

太阳也停住脚步

不忍看如此惨伤。

现在他的儿子说道；

在那座坟墓里面，

经过了多少时间。

倘若是外面不催，

事情会变成悬案；

反正是牢房坚固，

早把你忘在一边。

他不晓得在狱中度过了多少时光，向我们袒露着可悲的

心境：

那时候无所不想，

想兄弟更想亲娘。

人一旦投入牢房，

无论他多么健忘，

入狱前所有往事，

统统都涌到心上。

菲耶罗的次子讲述自己的往事。有时他不像乡亲，更像是有文化的小老弟：

> 就这样苦度光阴，
>
> 在人前总矮三分；
>
> 家长已不知去向，
>
> 孩子们依靠何人？
>
> 就如同念珠散落，
>
> 穿线已断成两根。

收容他的阿姨把他当作继承人。可她死后，法官却宣布说，要等到年满三十或以上时，才能把财产交给他。（二十二岁成年，可小伙子不知道。）法官委托一位先生监护并教育他。这位先生就是老"美洲兔"：

> 这一位江湖老汉，
>
> 很快便现出原形，
>
> 看一看那副面孔，

便知他又刁又凶。

脾气怪偷窃成性，

美洲兔是他诨名。

除马丁·菲耶罗之外，美洲兔是全书最著名的人物。在民众的想象中，他也是"我们乡村的桑丘"，正如卢贡内斯给他的定义一样。卢贡内斯还说："他是我们卓越的谚语专家。用不着临摹他的肖像和他的劝告，我们大家都不会忘记。"需要补充的是，他的劝告就是他的肖像的一部分，而不可能是别的。我们阿根廷人听得和学得太多了，尤其是他的口头禅：

你要与法官交往，

当叫他无话可讲；

他若是怒火万丈，

你应当忍辱退让。

靠大树才能乘凉，

蹭木桩才能解痒。

遗憾的是，对许多人来说，这些劝告耗尽了诗意并抹去了那么多页别的诗行。

美洲兔远不止一个滑稽人物，一个桑丘；他还是一个冷酷的人，一个对皮鞭、沙丁鱼罐头壳、铁环等无用之物都很吝啬的人，临死时，一看见遗存的圣物就哆嗦并召唤魔鬼将他带往地狱，是一位不允许菲耶罗儿子走进他的小屋的暴君：

> 他每天深夜归来，
> 在里面休息休息。
> 我总想观察观察，
> 他藏着什么东西。
> 然而却从未如愿，
> 他不让别人进去。

> 身穿着破烂衣裳，
> 无法将寒风抵挡。
> 我那样赤身裸体，
> 老家伙蛇蝎心肠，

硬叫我睡在外面，
冻得像冰块一样。

他从生到死都在狗群里：

置身于狗群里面，
这是他最大乐趣，
无论在何时何地，
至少是六条有余。
将人家奶牛杀死，
好让他狗群充饥。

见他已不能说话，
我给他拴个响铃。
他自知危在旦夕，
用手指紧扣墙壁。
在敌人和狗中间，
将双眼永远紧闭。

他死后，一条狗吃了他的一只手：

　　　　埋他的那位短工，

　　　　此外还对我言道：

　　　　露出的那一只手，

　　　　后来被野狗吃掉。

　　　　想到此毛骨悚然，

　　　　直吓得灵魂出窍。

这个插曲不真实，或许也不可信。人们想象中的文学人物往往超过最初的文本，对美洲兔这个人却相反，诗中的人物比一般神话了的普通小无赖更复杂、更残忍。在将他与桑丘做了对比之后，卢贡内斯正确地指出，埃尔南德斯在自然方面超过了《堂吉诃德》的作者，"因为他去掉了相应的对立面"。

美洲兔依然残暴地活在他虐待的少年的噩梦中：

　　　　虽经过许多时间，

　　　　依旧是心中茫然。

身上衣难遮躯体，

破布片褴褛不堪。

到夜晚总是梦见

老人和狗群皮鞭。

菲耶罗和儿子们继续欢快地庆祝团圆，这时一个自称
"皮卡迪亚"的小伙子降临在他们中间，并要求伴随着吉他，
讲述自己的经历。皮卡迪亚讲述自己在布宜诺斯艾利斯、圣
菲的冒险生涯，并承认自己曾是个赌徒，也叙述了自己在边
境的游历。在这部分叙述中，有些令人难忘的情节，如长官
告诉他招收老乡入伍的那一幕：

你这人与众不同，

早就想造反称雄。

皮卡迪亚不知道谁是自己的父亲，但最终打听到了，是
克鲁斯军曹。皮卡迪亚歌唱这些事情，当他结束时，另一个
人物，一个黑人，向他要过了吉他。

他落座何等安然，

手放在乐器上边。

那黑人不可一世，

轻轻地拨动琴弦；

有意地清清嗓子，

为使人不生疑团。

在场者无不明了，

黑人来所为哪般：

矛头是指向马丁，

挑战性一目了然。

表现出凌人盛气，

高傲得两眼望天。

　　此处等候我们的是我们所研究的作品的最复杂、最具戏剧性的情节之一。在整个情节中有一种特别的吸引力，而且好像承载着命运。事关一场对歌，因为这就像《哈姆雷特》的舞台包含着另一个舞台，又像《一千零一夜》的长梦包含着其他短梦，而《马丁·菲耶罗》则是一场吟唱包含着其他吟唱。这场对歌，在所有吟唱中是最令人难忘的。

罗哈斯从字面理解"惊人的"（fantástico）一词并在黑人身上看到了某种类似觉醒之声的东西。我认为这种猜想是错误的，但被勾勒的事实却是那段情节的戏剧性张力的证明。黑人的挑衅包括另一种挑衅，我们感觉得到它不断增长的引力，准备或预示着别的事情，但后来并未发生，或发生在诗外。

菲耶罗接受了双重挑战，在期盼的寂静中唱道：

　　每当那琴弦作响，

　　每当那音韵铿锵，

　　我自当争先恐后，

　　岂能够不战而降；

　　我曾经发过誓愿：

　　决不容他人逞强。

　　如果你心中喜欢，

咱可以唱到明天。

此乃我多年习惯，

开口便通宵达旦：

在歌坛大放异彩，

岂在乎地点时间。

　　黑人很讲礼貌，语言很华丽，然而在温柔下面跳动着不可动摇的决心。他邀请菲耶罗用极难回答的问题考验自己。菲耶罗问他何谓天的歌声，何谓地的歌声以及海的歌声和夜的歌声。黑人用美丽的模糊满足了他的要求。在回答最后的问题时，他说：

慎重者曾告诉逞强者

路崎岖切莫直奔。

我试着给你答复，

什么是深夜之音：

对于它只能感悟，

来源却无处找寻。

万物中只有太阳，

能穿透沉沉黑暗；

黑夜里四方八面，

私语声若隐若现。

这声息来自幽灵，

向上帝许下心愿。

马丁·菲耶罗懂得，并要求给死者的灵魂以上帝的和平。后来的对歌是关于爱情的根源和关于法律。菲耶罗感到满意，黑人要他定义什么是数量、体积、重量和时间。马丁·菲耶罗对这些具有抽象品质的难题作了回答。比如：

黑人啊，我告诉你，

按照我智力所及。

时间啊只不过是

无尽的伸展延续；

它从来没有起点，

也永远没有终极。

因为它是个转轮，

转圈圈不会停顿；

人将它划分单位，

依我看只为划分：

为知道活了几许，

还剩下多少光阴。

　　这广泛的命题超出了高乔人抑或所有人的能力，但黑人几乎是秘密地跑了题，将他引向这场对歌的意图，可能是一场搏斗的开始。埃尔南德斯令人敬佩地达到了双重目的：诗句既是美丽的，同时又具有预言性。菲耶罗重又提问。对第一个问题，黑人认输。我们怀疑此举是为了不拖延其内心的意图。他这样表示：

大家已知道我娘，

生我们十个弟兄。

老大已不在人世，

他最受大家尊敬。

可怜他死得冤枉，

命丧在暴徒手中。

亲兄长入土为安，

已然在地下长眠。

我来此非为移葬，

但倘若出现机缘，

我相信上帝公道，

这笔账总会清算。

为了使这次圆满，

但愿能再次对歌，

尽管我对你钦敬，

也还想再战几合，

唱一唱冤魂之死，

那凶手难逃罪责。

菲耶罗缓缓答道：

首先是由于法官，

被充军前去戍边；

然后是印第安人

使得我别有洞天；

现在是这些黑人

帮我来安度晚年。

但是人对于命运

都应该理得心安。

我不再寻衅闹事，

对角斗已生厌烦。

但并非惧怕邪恶，

更不怕魔影蹁跹。

在场者阻止了争吵。马丁·菲耶罗和小伙子们走了。他们来到小溪旁并下马，马丁·菲耶罗，刚刚以嘲讽的口吻回答了被其杀害者的弟弟，在那里亲切地对他们说道：

人与人不要残杀，

　　也不要逞强厮打。

　　不幸事应以为鉴，

　　就如同镜子一般。

　　人若能克制自己，

　　就可算大智大贤。

　　在讲述了这些美德之后，他们决定分开并改名换姓，以便平静地劳作。（我们可以想象诗歌以外的争斗，黑人会为其死去的哥哥报仇。）

　　在最后的一支歌，第三十三章，埃尔南德斯亲自和读者交谈，就像沃尔特·惠特曼在《草叶集》的最后一页一样。在这样的告别中，诗人实实在在地感到了所完成作品的伟大。

　　如果我寿命不济，

　　你们会富富有余；

　　如果我离开人世，

　　哪怕在荒沙野地，

高乔人闻知此讯，
一定会痛苦至极。

只因为我的生命，
属于我所有弟兄，
他们会将这故事
自豪地记在心中。
乡亲们不会忘却
他们的高乔马丁。
我对谁都未冒犯，
请不要自寻愁烦；
我所以如此吟咏，
只因为这样方便。
无损于任何个人，
而是为大家行善。

《马丁·菲耶罗》及其评论者

埃尔南德斯的这部诗作，从一开始就深得大家的喜爱，对于这一点，我们已经说过了。在一八九四年版的按语中，编者说："我们通过各种渠道发行的这本书共计六万四千册"，并且还听说，"在乡下，在某些地方的聚会上，出现了一种'朗诵者'，在他的周围聚集着男女听众……"再往下又说："我的一位顾客，他是个批发货栈老板，昨天他给我看一位乡村酒店老板的订货清单：火柴 12 包；225 升的啤酒 1 桶；《马丁·菲耶罗归来》12 本；沙丁鱼罐头 100 听……"除去商人的小小夸张以外（对于商人们的这种夸张，埃尔南德斯并不反感，有时，甚至还写入他的诗中），上面所说的基本属实。

从十九世纪初开始，一种浪漫的偏见就存在，那就是，若要在过世以后享有荣誉，其条件之一就是当时的默默无闻。莱奥波尔多·卢贡内斯在他的《帕亚多尔》中，坚持对埃尔南德斯同代人吝啬的赞誉或指责，就像他的导师维克多·雨果在其《威廉·莎士比亚》中编派和杜撰针对该诗人的负面意见一样，而在这种指责和杜撰中有某种夸张；《马丁·菲耶罗》最早的读者，并非不了解它的优点，尽管不能充分地予以评价，对此我们以后还要研究。

　　一八七九年埃尔南德斯把他的诗集寄给了米特雷[1]。上面写的献词如下："堂巴尔多罗梅·米特雷将军阁下，二十五年以来我一直是您的政敌。没有多少阿根廷人可以这样说，但是同样也很少有人敢于像我一样，可以超越这种回忆而请求您这个伟大的作家，在您的图书室里匀出一小块地方，存放这一本小小诗集。我请求您收下它，以此作为此书的作者和您的同胞对您的尊敬的见证。作者"。米特雷给他的答复中有这样的话，可以表明《马丁·菲耶罗》"是一部以其作品和典

1　Bartolomé Mitre（1821—1906），阿根廷政治家、军人、作家，曾任阿根廷总统。

型人物在阿根廷的文学和历史上获得地位的作品"。他还说："您的这本书是一部真正的自然而然的诗歌，是从真实生活的整体上切割下来的"，接着，他又有点矛盾地说："伊达尔戈总是您的荷马，因为他是第一个诗人……"

"是从真实生活的整体上切割下来的"这句话帮助我们理解为什么他的同时代人，在评价他的作品时，不像我们现在这样评价。

《马丁·菲耶罗》是现实主义的，大家公认，好像这类作品是浅显而易懂的，特别是当它写得好的时候更是如此。左拉能谈论生命的片段和实录现实；然而这并不确切，因为生活并不是一篇课文，而是一个神秘的过程，可是这一点与人们通常的想法一致。所有的现实主义作品看上去都好像是纯粹的实录，纯粹的报道，而文学家一般认为，只要遵循这点，就可以很顺利地去写作了。而我们则认为，《马丁·菲耶罗》的题材已经很遥远，从某种角度上说，带有异时异地的情调；对于十八世纪七十年代的人来说，那是关于一个逃兵的一则平庸的故事，后来此人变成了一个恶人。这里有一个很好的证明，那就是爱德华多·古铁雷斯在他的作品中运用了大量相似的题材，而没有谁去想，它们来自《马丁·菲耶罗》。

有人会提出异议说，左拉以他的现实主义作品为他的同时代人提供了启示。这种启示中就有这位作者的伪科学理论和性丑闻在起作用。而在《马丁·菲耶罗》中，出于埃尔南德斯的意愿，而且对于高乔人来说，性生活还相当初步，因此就摆脱了这种刺激。

此外，《马丁·菲耶罗》很具有政治性。一开头，人们并不是从美学角度来评判它，而是从它所维护的东西来评判它的。还有人补充说，这位作者属于联邦派（那时候管他们叫"联邦佬"或"玉米棒子派"）。值得一提的是，他属于一个不论从道德方面，还是从知识水平方面来看，都比较差的一个派别。当时在布宜诺斯艾利斯，几乎所有的人都相互认识，而何塞·埃尔南德斯确实没有给他同时代的人留下很深刻的印象。

一八八三年，格鲁萨克[1]拜访了维克多·雨果；在门厅，

1　Paul Groussac（1848—1929），出生于法国的阿根廷随笔作家、哲学家、历史学家。

一想到自己来到一位杰出诗人的家里，他简直要激动起来，但是，"老实说，我感到非常平静，就好像我待在《马丁·菲耶罗》的作者何塞·埃尔南德斯的家里一样"（《智慧旅行》，第二卷，第一一二页）。

米格尔·卡内 [1] 称赞埃尔南德斯的这部诗歌，然而是从对那个时代感兴趣的意义上说的，他最喜欢的是那些使他能回忆起埃斯塔尼斯拉奥·德尔坎波的段落。一八九四年的那个版本同样也包括对里卡多·帕尔马 [2]、何塞·托马斯·吉多、阿道夫·萨尔蒂亚斯以及米格尔·纳瓦罗·比奥拉的理智的赞扬。

一九一六年，卢贡内斯发表了《帕亚多尔》，这对他获得诗人的名声的历程来说，至关重要。卢贡内斯总觉得自己带有克里奥尔的味道，可是他的巴洛克风格和他那过大的词汇量使他脱离了广大读者。他认为，无疑是埃尔南德斯的这部作品使其接近了民众，于是他写了一本《帕亚多尔》，当然，他是带着全部真诚写的。卢贡内斯要求把《马丁·菲耶罗》

1　Miguel Cané（1851—1905），阿根廷作家。
2　Ricardo Palma（1833—1919），秘鲁小说家。

称为阿根廷民族之书。在《帕亚多尔》中，对我们的游牧时代有非常精彩的描写，它们必不可少地被收入选集里。也许其唯一的缺点就是，他写这些诗的目的就在于此。卢贡内斯用他的长篇大论要求把《马丁·菲耶罗》称为史诗；它证明了我们的希腊-拉丁血统，尽管有过基督教造成的长时间的中断，因为这是一种"东方的宗教"。

每一个国家对于书籍应有的观念是很古老的。一开始，它带有宗教性质。《古兰经》把犹太人称作"信奉天经者"，而印度人以为《吠陀》是永恒的。在宇宙的每个时期的各种信仰中，为了创造每一件事物，神性让人们记住《吠陀》里的话语。十九世纪初，关于书籍带有宗教性质的观念转变成为带有民族性质。卡莱尔[1]写道，从《神曲》中可以解读意大利，而从《堂吉诃德》中可以解读西班牙。他还补充道，几近于无限的俄罗斯则默默不语，因为还没有哪一本书将它表现出来。卢贡内斯宣称，我们阿根廷人有一本带有这种性质的书了，这一本书，估计指的就是《马丁·菲耶罗》。他说，

---

1 Thomas Carlyle（1795—1881），苏格兰散文家和历史学家。

埃尔南德斯的这本书中有我们的根源，如同在《伊利亚特》中有希腊人的根源，在《罗兰之歌》中有法国人的根源一样。把《马丁·菲耶罗》说成具有史诗性质，是出于需要想象出来的，是企图以十八世纪七十年代一个耍刀子的人那一段简直只能算是个人经历的故事（连一种象征的方式也说不上）来掩饰我们祖国那世世代代的颠沛流离，那既有艰苦岁月又有查卡布科战役和依杜萨因戈战役的世俗的历史。我们以后还要谈及这一有争议的话题。

罗哈斯在他的《阿根廷文学史》一书中略带犹豫或有点矛盾地反复谈到这同一话题。其中一段是这样说的："这一段优美如画的对歌可以看成是形式上的简朴、内心的纯真，好像是一种天性的、最根本的事物。""既可以说它不是鸽了的咕咕声，因为它不是情歌，也可以说它不是清风之歌，因为它不是一首颂歌。"他还说："人们创建城市，一开始只是修一些小堡垒；然后把他们的行动渐渐地、呈辐射状向荒野伸延开来，他们与处女地作斗争，与好战的奥卡人搏斗，还要忍受尚不完善的社会组织的不公正对待；他们对人世、对正义充满信心，他们在这种天生力量的驱使下，无所畏惧地朝前闯；这就是高乔人马丁·菲耶罗的生活；这就是整个阿根廷人民的生活。"谁要是读过埃尔南德斯的这部作品，哪怕是浮皮潦草，也会清楚地知道，罗哈斯所列举的主题，为了重复塔西佗[1]的论断，由于其缺席或仅仅以片面形式出现而在其中闪闪发光。

卡利克斯托·奥约拉[2]在他的《作品选》的注释中说得更准确，他说："《马丁·菲耶罗》的故事情节并非最具民族特色，也并非最具种族特点，也说不上是我们人民的'根源'，或从政治上说，也不是我们国家的'根源'。在这个故事中表现的是'上个世纪后三分之一时期'的一个高乔人生活中的种种痛苦遭遇，那时正值大萧条之际，也是那种地方性的典型人物消亡的前夕，并且，正是我们面临将这种人摧毁的社会组织的转型时期。"

出于好奇，米格尔·乌纳穆诺[3]的见解值得一提："在

---

1 Tacitus（约56—约120），罗马帝国雄辩家、高级官员、历史学家。
2 Calixto Oyuela（1857—1953），阿根廷诗人、散文家、评论家。
3 Miguel de Unamuno（1846—1936），西班牙教育家、哲学家，"九八年一代"的代表作家。

《马丁·菲耶罗》中，史诗的成分和抒情的成分紧密地互相渗透、互相融合，在我所了解的西班牙语美洲文学中，《马丁·菲耶罗》是最深刻的西班牙式的东西。当潘帕草原上的帕亚多尔（吟游诗人）在翁布树阴下，在莽原上无限的寂静中，或是在星光照耀下的宁静夜晚，在一把西班牙吉他的伴奏下，唱起《马丁·菲耶罗》那单调的十行诗时，当被感动的高乔人听着自己的潘帕草原的诗歌时，他们会不知不觉地感到，从那无意识的心灵深处涌出西班牙母亲不可磨灭的回声，父母用鲜血与灵魂留给他们的回声。《马丁·菲耶罗》是西班牙的斗士之歌，这些斗士在格拉纳达竖起了十字架以后，就到美洲去了[1]，为的是朝着文明前进，为的是去到莽原上开拓道路而充当先锋。"也许，有必要提醒一下，被乌纳穆诺很客气地称为"单调的十行诗"的、隶属于西班牙的诗歌，实际上是六行诗。

　　相比之下，梅嫩德斯-佩拉约[2]的观点更明确，也没有那么奇特："阿根廷人一致认为，高乔文学的代表作是何塞·埃

1　西班牙人于1492年先收复了格拉纳达，然后随哥伦布航行到"新大陆"。
2　Marcelino Menéndez y Pelayo（1856—1912），西班牙文学史家、文学评论家。

尔南德斯的《马丁·菲耶罗》。这部作品在整个阿根廷领土上都极具普及性，不仅仅在城市，而且在乡间的小酒店和农庄。这一股阿根廷潘帕的清风以它桀骜不驯、勇猛而又倔强的诗歌形式流传开来，在那些诗句中，那不屈的、原始的激情在迸发，在与徒劳地想控制主人公的社会机构的勇猛斗争中迸发。最后，这股激情使他投身到那自由自在的莽原生活之中，尽管还带有对文明世界的些许怀念，但是，是文明世界将他从自己的怀抱里抛弃。"可以看出，使梅嫩德斯-佩拉约受感动的是在明亮的晨曦中，两个朋友穿越了国界。

《马丁·菲耶罗》是另一部重要作品所涉及的题材和依据。那就是埃兹吉耶尔·马丁内斯·埃斯特拉达的《马丁·菲耶罗之死与形象转化》（一九四八年，墨西哥）。它没有对文本进行更多的解释，而是一种再创造；在它的篇章中，这位诗人，他具有梅尔维尔[1]、卡夫卡和俄国作家的经验，他重又回到埃尔南德斯的初梦之中，加上阴影和晕眩，使之变得更加丰富。《马丁·菲耶罗之死与形象转化》开拓了一

1　Herman Melville（1819—1893），美国小说家。

种高乔诗歌批评的新风格。未来几代人会谈论马丁内斯·埃斯特拉达的人物——克鲁斯、皮卡迪亚，就像我们今天谈到德·桑克蒂斯[1]的法利那塔或是柯勒律治[2]的哈姆雷特一个样。

1　Francesco de Sanctis（1817—1883），意大利文学评论家、自由主义爱国者。
2　Samuel Taylor Coleridge（1772—1834），英国抒情诗人、评论家、哲学家。

总　论

　　在欧洲和美洲的一些文学聚会上，常常有人问我关于阿根廷文学的事情。我总免不了这样说：阿根廷文学（总是有人不把它当回事）是存在着的，至少有一本书，它就是《马丁·菲耶罗》。为什么我把这一本书列在首位呢？这就是我在这一本书的最后几页中要说明的问题。

　　在前一章中，我收集了一些评论家的看法，可以把这些看法象征性地概括为两点：一个是卢贡内斯的观点，他认为《马丁·菲耶罗》是关于阿根廷根源的一部史诗；另一个是卡利克斯托·奥约拉的观点，他认为这一部诗歌涉及的仅仅是一种个人经历。"一个讲正义，求解放的人"，这是卢贡内斯给主人公下的定义；而奥约拉更愿意把他说成是一个"带有明显的'莫雷伊拉'[1]倾向的坏高乔人,他带有攻击性、好斗,专爱与警方搏斗"。怎样来解决这个争议呢?

法国评论家雷米·德·古尔蒙很喜欢玩分解概念的游戏。在我刚刚概括的这一争论中,人们把诗歌美学上的长处与主人公道德上的优点混淆在一起了。总期望这一点附属于那一点。要是把这种混淆澄清了,争论也就搞清楚了。

让我们再回到卢贡内斯提出的关于分类的问题上来。希腊人认为最伟大的诗人是荷马;对他的这种崇敬扩展到他的作品所属的门类,从而出现了这种世俗的对史诗的崇拜,致使意大利充斥着伪造的史诗,并且导致十八世纪的伏尔泰编造出一部《亨利亚德》,为的是使法国文学史中不缺乏史诗这一个门类……但是,亚里士多德早就断定,悲剧能够以它的简短、紧凑和清晰透彻超过史诗。卢贡内斯在为《马丁·菲耶罗》呼吁史诗的名分时,他所做的不过是在使一种古老而又有害的迷信死灰复燃。

然而,"史诗"这个词汇在这一场辩论中是自有其作用

---

1 Juan Moreira(1829—1874),阿根廷的历史人物,在民间歌谣中是个神秘的高乔人,曾多次卷入战争,饱受苦难、不公正对待和政治迫害。

的。它帮助我们确定自己在阅读《马丁·菲耶罗》时感受到的那种愉悦属于什么类别；这种愉悦，的确与阅读《奥德赛》或北欧的《萨迦》相仿，较阅读魏尔伦或恩利克·邦芝[1]的一节诗更胜一筹。从这个意义上说，断定《马丁·菲耶罗》属于史诗自有其道理，但这并不等于说我们可以把它和地道的史诗混淆起来。此外，史诗这个词汇可以为我们提供另一种用途。史诗带给其原始听众的乐趣有如现在的小说带给我们的乐趣：倾听其人其事的乐趣。史诗是小说的一种前期形式。如果不算诗歌形式上的变化，就可以断定，《马丁·菲耶罗》也算是一部小说。这是可以准确地表达它给我们带来的乐趣的类别的唯一断言，并且可以适当地、避免犯时代性错误的尴尬，以它的优秀来确定，它与属于十九世纪的无人不知的小说家，如狄更斯、陀思妥耶夫斯基和福楼拜的作品齐名。

史诗需要人物性格的完美，而小说则以其性格的不完美和复杂性而显得生机勃勃。一些人认为，马丁·菲耶罗是一个公正的人；而另一些人则认为，他是一个坏蛋，或者像马

---

1 Enrique Banchs（1888—1968），阿根廷诗人。

塞多尼奥·费尔南德斯风趣地说的那样，他是一个复仇的西西里人。每个持相反观点的人都很真诚，都是理所当然地这样看。这种结局的不确切性正是艺术完美产物的特点之一，因为现实正是如此。莎士比亚大概也是模棱两可的，但是他还比不上上帝那么模棱两可。我们最终还是不知道谁是哈姆雷特，谁是马丁·菲耶罗，可是也没有人让我们知道实际上我们自己是谁，或者谁是我们最爱的人。

可以给马丁·菲耶罗安上无数个与他相称的贬义词——杀人凶手，爱打架的人，醉汉；但是如果我们像奥约拉所做的那样，根据他所做的事情去判断他，这些贬义词全都正确，都无话可说。但是，可以提出异议的是，这种判断是可以假想为存在着一种马丁·菲耶罗未曾奉行过的道德。因为他的伦理就是无所畏惧，他不懂得何为宽恕。但是，不懂得宽恕的菲耶罗希望别人要对他公正、仁慈，在整个故事的过程中，他总是在抱怨，简直是没完没了。

我们不谴责马丁·菲耶罗，是因为我们知道，行为常常会给人带来恶名。有的人会去偷，但他不是贼，有的人杀了人，但他不是杀人凶手。可怜的马丁·菲耶罗并不存在于他参与过的混乱的死亡之中，也不存在于使他麻木的过多的抗议和种种厄运之中。他存在于诗句的声调和呼吸中，存在于那些让人回忆的质朴的、消失了的幸福的纯真之中，还存在于那不会不知道人生来就是为了受苦的人的无所畏惧之中。我觉得我们阿根廷人就是下意识地这样看的。对于我们，菲耶罗的遭遇不像对于一个经历过那些遭遇的人那么重要。

要表现未来几代人不愿忘记的一些人物是艺术的使命之一，何塞·埃尔南德斯充分地做到了这一点。

参考书目

诗作版本

埃尔南德斯，何塞，《高乔人马丁·菲耶罗》和《马丁·菲耶罗归来》。马丁·菲耶罗书店，布宜诺斯艾利斯，1894年（包括作者序言、最初的评论和卡洛斯·克雷利塞的插图）

埃尔南德斯，何塞，《马丁·菲耶罗》。克拉利达出版社，布宜诺斯艾利斯，1940年（卡洛斯·奥克塔维奥·布恩赫作序）

埃尔南德斯，何塞，《马丁·菲耶罗》。卡洛斯·阿尔贝托·雷乌曼的评论，艾斯特拉达出版社，布宜诺斯艾利斯，1947年（依据原始手稿确定的文本。有时提供武断

的修订并富有欺骗性地为埃尔南德斯的拼写错误辩解）

《高乔人马丁·菲耶罗》和《马丁·菲耶罗归来》，圣地亚
哥·M.卢贡内斯审校注释版，森图里翁出版社，布宜
诺斯艾利斯，1926年（我们再次说明，这是最有用的
版本）

《马丁·菲耶罗》，艾雷乌特里奥·F.提斯克尼亚评注版，科
尼出版社，布宜诺斯艾利斯，1925年（其重要性是符合
语法规范：将诗作的语言与西班牙经典相联系）

学术著作

卡斯特罗，弗朗西斯科·I.,《〈马丁·菲耶罗〉的词汇与词
组》，席奥蒂亚和罗德里格斯出版社，布宜诺斯艾利斯，
1950年

卢贡内斯，莱奥波尔多，《帕亚多尔》，第一卷："潘帕之子"，
奥特洛和希亚出版社，布宜诺斯艾利斯，1916年

马丁内斯·埃斯特拉达，埃兹吉耶尔，《马丁·菲耶罗之死
与形象转化》，经济文化基金出版社，墨西哥，1948年
（附全诗文本和丰富的参考书目）

罗哈斯，里卡多，《阿根廷文学史》《高乔人》，文学协会出版

　　社，布宜诺斯艾利斯，1924 年

罗西，维森特，《语言手册》《补偿马丁·菲耶罗的语言》，阿

　　根廷印刷厂，科尔多瓦，1939—1945 年

JORGE LUIS BORGES
MARGARITA GUERRERO
El "Martín Fierro"

Copyright © 1995, María Kodama
Copyright © 1963, Guillermo Raúl Eguía Seguí
Copyright © 1963, Emecé Editores SA (ahora Grupo Editorial Planeta SAIC)
All rights reserved

图字：09-2010-614号

图书在版编目（CIP）数据

关于《马丁·菲耶罗》/（阿根廷）豪尔赫·路易斯·
博尔赫斯,（阿根廷）玛加丽塔·格雷罗著；赵振江译
. —上海：上海译文出版社，2021.11
（博尔赫斯全集）
ISBN 978-7-5327-8842-2

Ⅰ.①关… Ⅱ.①豪… ②玛… ③赵… Ⅲ.①英雄史
诗－诗歌研究－阿根廷－近代 Ⅳ.①I783.072

中国版本图书馆CIP数据核字（2021）第168003号

关于《马丁·菲耶罗》	豪尔赫·路易斯·博尔赫斯 玛加丽塔·格雷罗	著	出版统筹 赵武平
El "Martín Fierro"	赵振江 译		责任编辑 缪伶超
			装帧设计 陆智昌

上海译文出版社有限公司出版、发行
网址：www.yiwen.com.cn
201101 上海市闵行区号景路159弄B座
上海信老印刷厂印刷

开本 850×1168 1/32 印张 3.75 插页 2 字数 37,000
2022年4月第1版 2022年4月第1次印刷

ISBN 978-7-5327-8842-2/I·5463
定价：48.00元